김선두 Kim Sun-doo

1958년 전남 장흥에서 태어났다. 1984년대 제 7회 중앙미술대전에서 대상을 수상하면서 화단에 데뷔하였다. 1993년 제12회 석남미술상과 2003년 제3회 부일미술상을 수상하였으며 1992년부터 현재까지 13여회의 개인전을 가졌다. 2004년 쾰른 아트 페어와 2005년 시카고 아트 페어, 2007년 아르코 아트 페어에 참가하였으며 영화 〈취화선〉에서 자문 및 오원 장승업의 대역을 맡았다. 현재 중앙대학교 예술대학 한국화과 교수로 재직중이다.

Born in Jangheung of Jeonla Province in 1958, artist Kim Sun-doo made his first debut in art scene through his Grand Prize at the 7th Joongang Fine Arts Competition in 1984. He was also awarded Seoknam Art Prize in 1993 and Booil Art Prize in 2003. Up until 1992, he has given 13 solo-exhibits. He took part in Art Fair Cologne in 2004 and Chicago Art Fair in 2005. Working as the mentor for the movie *Chihwaseon*, he played the part of the artist Jang Seung-up in the movie. Currently, he is a professor of the Department of Korean Painting at Joonang University.

김영남 Kim Young-nam

1957년 생이며, 중앙대학교 경제학과와 같은 대학 예술대학원을 졸업했다. 1997년 세계일보 신춘문예에 시 〈정동진역〉으로 등단했고, 이후 시집 『정동진역』 『모슬포 사랑』 『푸른 밤의 여로』 등 출간했다. 〈윤동주 문학상〉 〈중앙 문학상〉 〈현대시 작품상〉등을 수상했다.

Poet Kim Young-nam was born in Jangheung of Jeonla Province in 1957 and studied Economics at Joongang University, which was later followed by his studies at the Graduate School of Art of Joongang University. He made his first debut as a poet through his poem *Jeongdongjin Station* at the Poet Contest sponsored by Segye Daily Newspaper in 1997. So far, he has written three volumes of poems, which are *Jeongdongjin Station*, *Moseulpo Love* and *Joureny in a Blue Night*. He is the prize awardee of the Yoon Dong-ju Literature Competition, Joongang Literature Competition and Modern Poetry Competition.

이청준 Yi Ch'o˘ng-jun

1939년 생이며, 서울대학교 독문과를 졸업했다. 1965년 『사상계』에 단편 〈퇴원〉으로 데뷔한 후, 창작집 『별을 보여드립니다』 『소문의 벽』 『서편제』 등의 화제작을 낳았다. 장편소설 『당신들의 천국』 『낮은 데로 임하소서』 『흰옷』 『축제』 등 펴내며 꾸준한 작품활동을 선보였으며, 〈동인문학상〉 〈한국일보 창작문학상〉 〈이상문학상〉 〈대한민국문학상〉 〈대산문학상〉 〈21세기문학상〉 〈인촌상〉등을 수상했다.

Born in Jangheung of Jeonla Province in 1939, the novelist Yi Ch'o˘ng-jun studied German literature at Seoul National University. After making his debut through his short novel *Discharge* in the monthly literature magazine *Ideologies*, he has written a number of renowned works such as *The Wall of Rumor*, *Sop'o˘nje, the Singer of P'ansori*. He is also the author of *Your Paradise*, *Your Humble Servant*, *Festival* and has been awarded various prizes such as Dongin Literature Prize, Korean Literature Prize and Inchon Prize.

남도、모든 길이 노래더라

창에 떠나가는 새들

김정욱 그림 | 김영욱·이종승 글

AGIBOOKS

오른쪽은 강진 해남 길, 왼쪽은 보성 고흥 길

길은 모두 노래로 이어지고 포구에서 사라지네

그러나 사라져선 안 될 노래 하나

장흥 회진항에 묵었다하니

거기 선학동 가는 길 서글픈 자루도 짊어지네

옛 약국과 뱃길 묻다가 마침내 그 주막에 드네

"손님은 아마 선학동이 첫길은 아니신가 본디,

그야 사람 사는 동네에

하룻밤 길손 묵어 갈 곳이 없을랍디요.

동네로 건너가는 길목엔 아직

주막도 하나 남아 있고요…"

주막 툇마루에 나앉아 막걸리 갖다놓고

관음봉 쳐다보며 한 잔

달빛 차오르면 비상 학의 밤길 위해

또 한 잔

그는 자신이 꿈을 꾸는 것 같았다.

사내가 다시 눈을 들어 보았을 때,
걸손의 모습이 사라지고
푸름만 무성히 비껴 흐르는 고갯마루 위로
언제부턴가
백학 한 마리가 문득
날개를 펴고 솟아올라
빈 하늘을 하염없이 떠돌고 있었다.

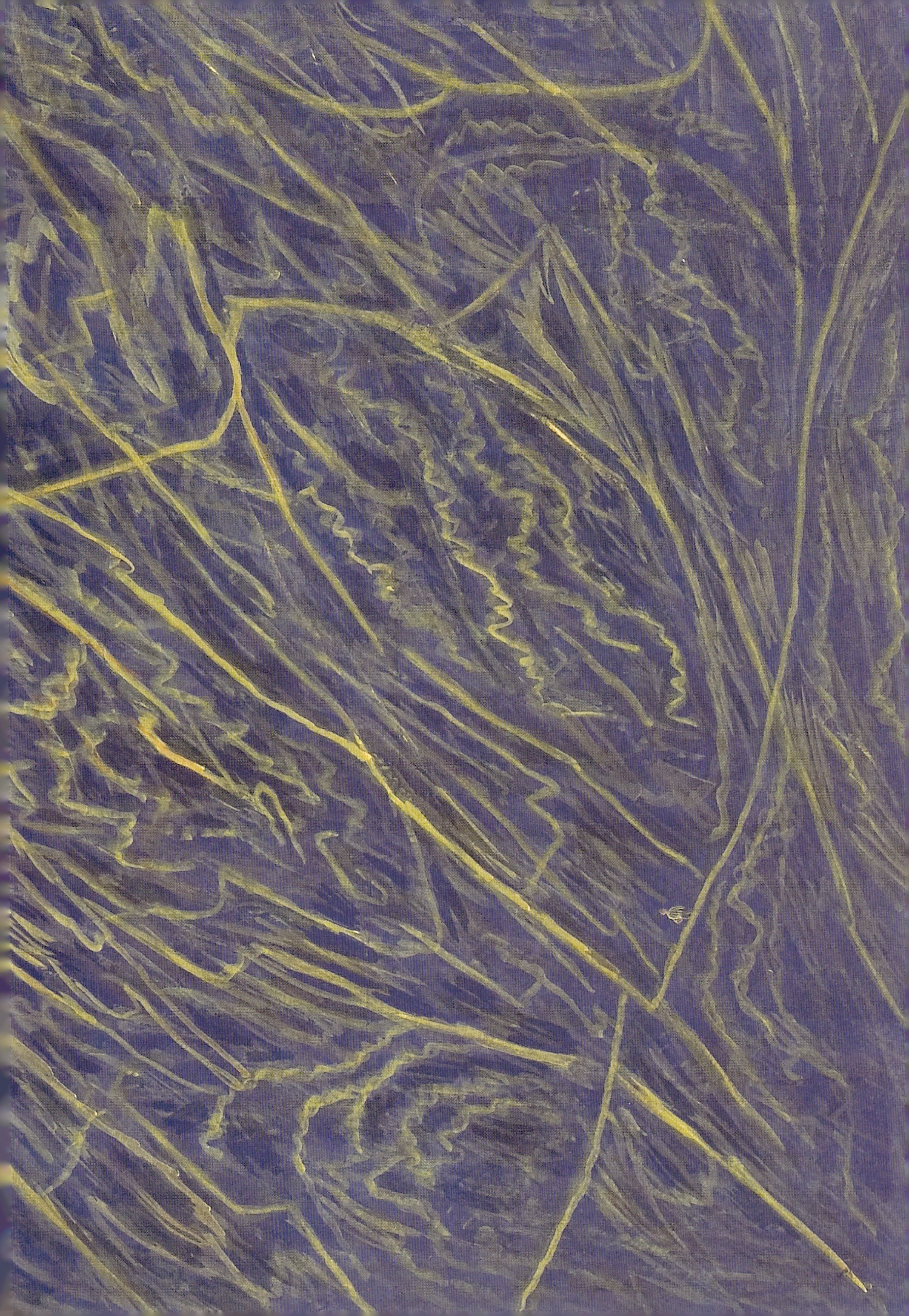

그 학을 너무 사랑하다 보면
사람은 홀로 터벅터벅 밤길
걷게 되나봅니다.
소쩍새 울음소리가 들불 되고.
별들도 아둠 건너가게 하는
다리 되나봅니다.
이런 밤 그대도 너무 그리워하다보면
옛날이 저렇게 큰 달로
떠오르나봅니다.

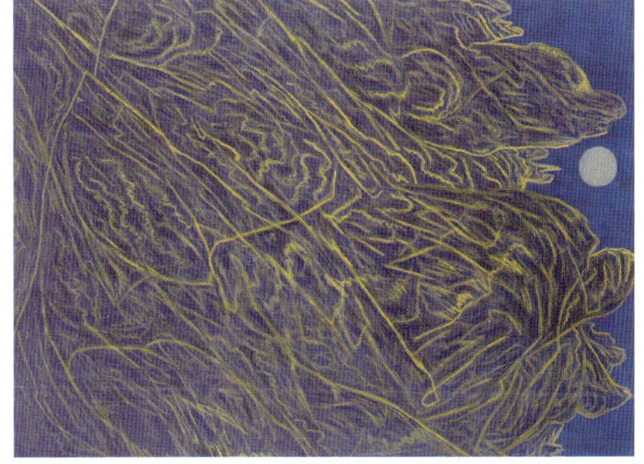

푸른 밤을 푸르게 가야 한다는 건
또 얼마나 슬픈 거고
내가 너를 아름답게 잠재워야 하는 모습이냐.
그동안 난 이런 밤의 옥수수 잎도,
옥수수 잎에 붙어 우는 한 마리의 풀벌레도
되지 못했구나.
여기에서 나는 어머니를 매단
저 둥근 사장과 함께 강진의 밤을 건느다.
강진을 떠나 철쭉을 거쳐
코스모스와 만조의 밤안개를
때리고 건느다.

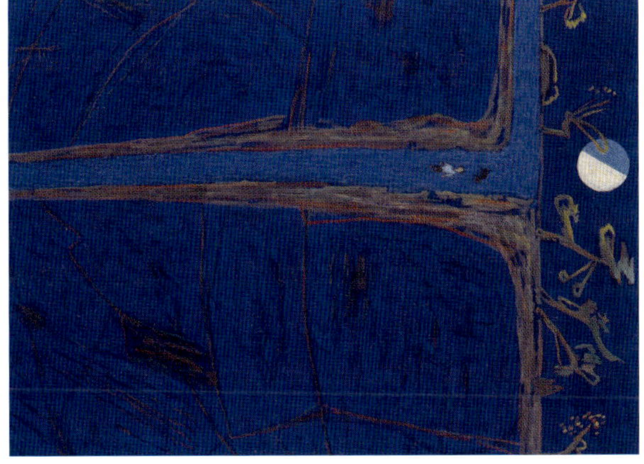

한 할머니가 시골길을 가고 있네.

맞은편에서 여학생 한 명이 등장하네.

둘은 뭔가 생각난 듯 훔쳐보며 갈라지고 있네.

서로의 뒤를 자꾸만 자꾸만…

순간!

들녘 한가운데 놓이는

저 아름다운 헌 길과 새 길.

어이 가리 어이 가리

산 첩첩 물 첩첩 다리 아파 어이 가리

해는 지고 달뜨는데

주막 없어 어이 가리…

잠을 자거나 잠을 깨거나 소년의 귓가에선

노랫소리가 떠돌았고 소년의 머리 위에는

언제나 이글이글 불타오르는 뜨거운 햇덩이가 걸려 있었다.

소리는 얼굴이 없었으되,

소년의 기억 속엔 그 머리 위에 이글거리던 햇덩이보다도

분명한 소리의 얼굴이 있을 수 없었다.

언제나 뜨겁게 불타고 있던 그 햇덩이야말로,

그날의 소년이 아직 숙명처럼 찾아 헤매 다니는

그 자신의 운명의 얼굴이었다.

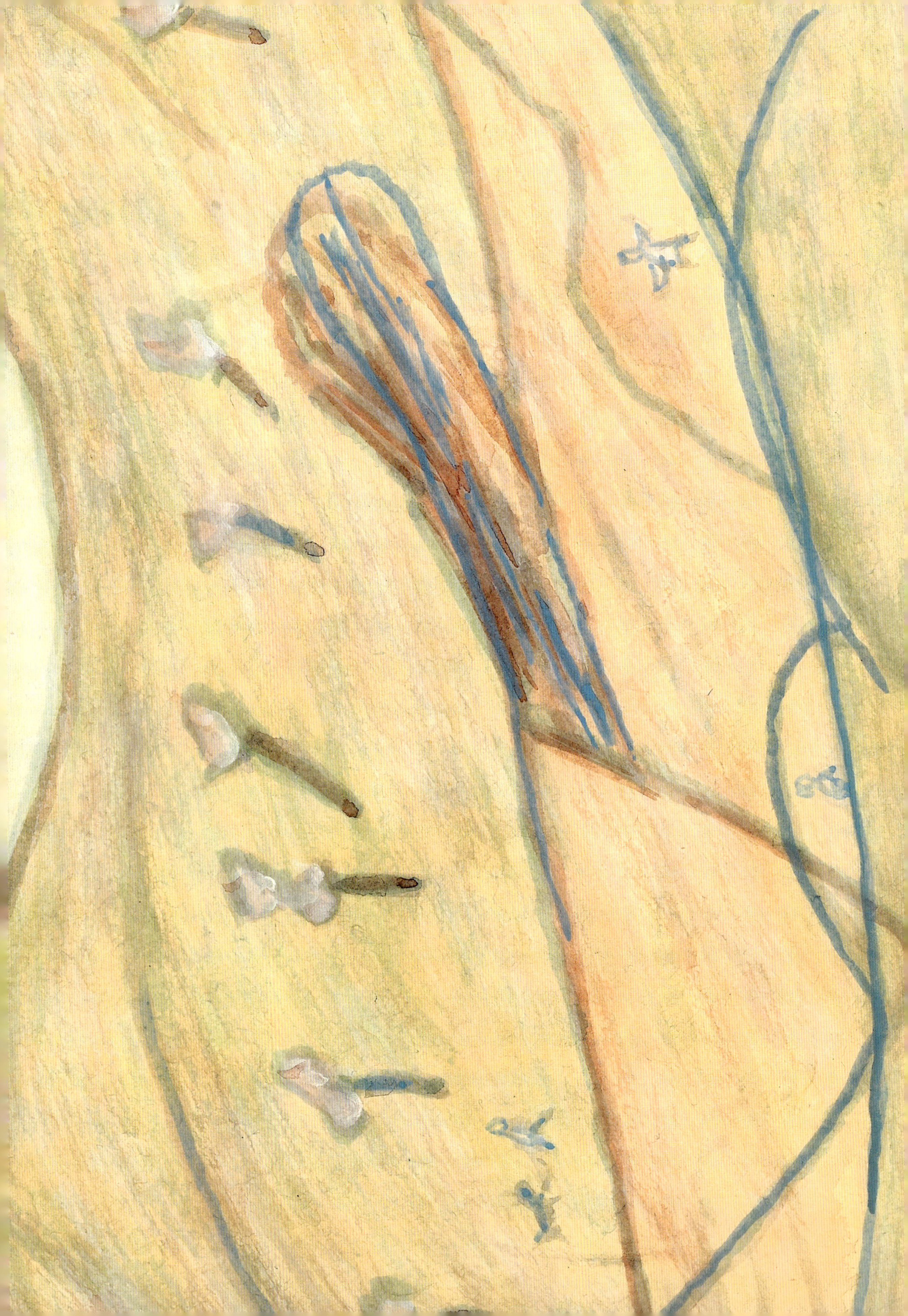

아이아이 아이아루 상사뒤여
아릴릴릴 상사뒤여
아 보시오 동무님네…
큰들에는 만벼모요 구렁배미 이른 올벼
높은 눈에 산도모요 밋눈에는 찰벼로다
아이아이 아이아루 상사뒤여
아릴릴릴 상사뒤여

기러기떼 늘었더여
제겸음이 좋을시고
투구쓴 듯 담은 밤과 빽빽한 보리타주…
아이아이 아이아이를 상사뒤여
여룸룸

그는 시간 가는 줄을 몰랐다.

해가 얼마나 기울어가는 줄도 모르고

그 기이한 안식감 속에서 끝없이 소리를 좇아 헤매었다.

소리가 가는 곳이면 그는 어디나 그것을 따라갔다.

소리는 어디나 가고 어디에도 있었다.

그것은 솔바람 소리 속에도 있었고 이름 없는 백운청산.

그가 이날까지 살아 지내 온 세월의

어느 굽이에도 맥맥히 살아 흐르고 있었다.

그는 이제 그 자신이 소리가 되어 만리 산하를 훨훨 날았다.

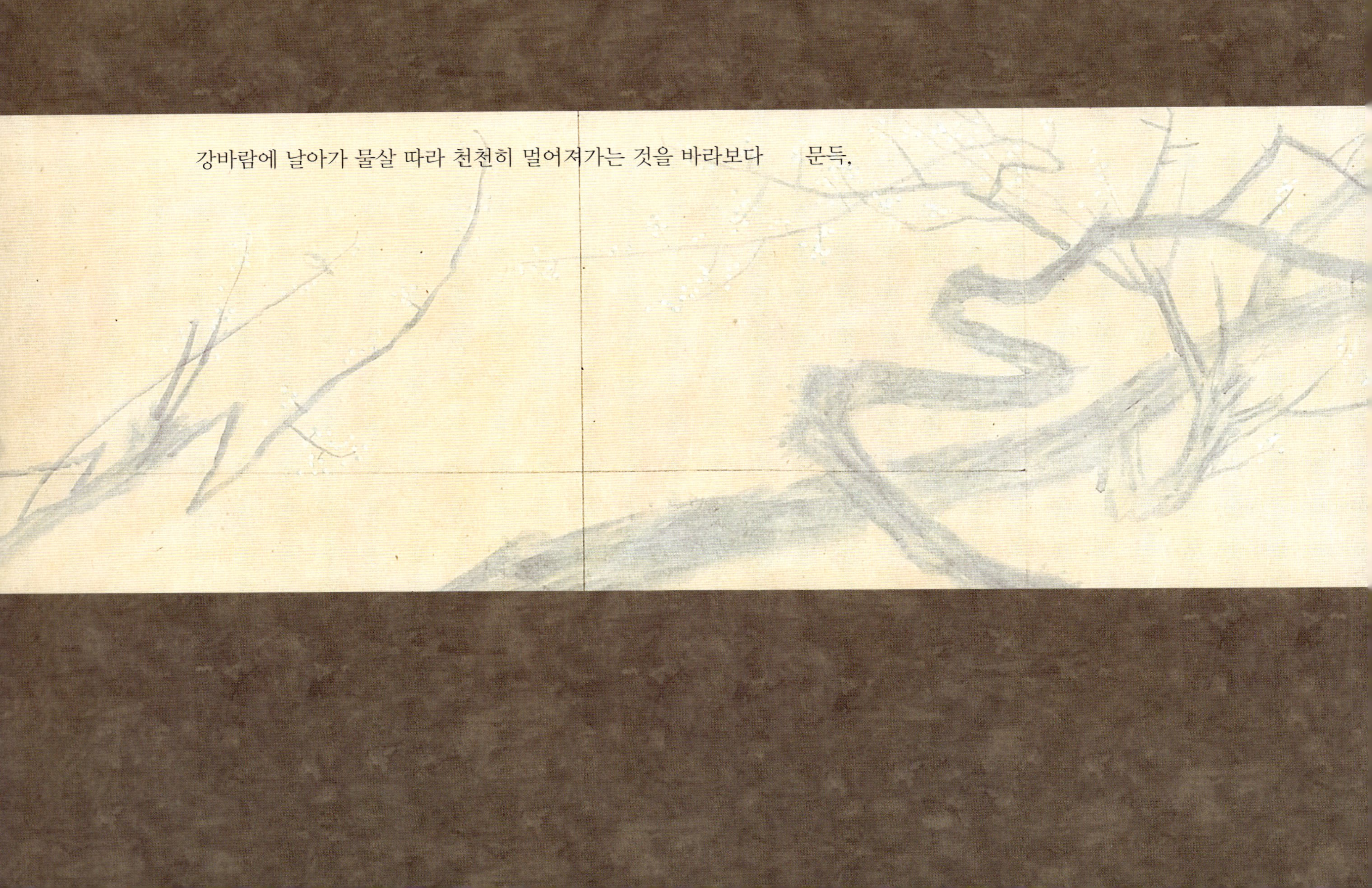

강바람에 날아가 물살 따라 천천히 멀어져가는 것을 바라보다   문득,

내가 나를 버릴 수 있음을.

그 역시 이젠 한 그루 나무가 되어

방금 자기 둥지를 떠나간 한 마리 밤새의 꿈을 품은 채,

붉게 물든 서녘 하늘의 노을빛 아래로

모습이 차츰 멀어져가는 사내를 망연히 떠나 보내고 있었다.

"쯧쯧… 자기 잔등에다 소리가락을 짊어지고

어디로 또 소리를 찾아간다는 것인지…"

"그래 이제 어디로 가실 겁니까?"

등에
무거운 짐을 지고서야
길을 제대로 갈 수 있다는 걸
알았네.

강물에 떠밀리지 않고 건너
목적지에
예정대로 닿을 수 있다는
걸 알았네.

그동안 가벼운 짐을
지고서
바퀴처럼 미끄러지고 헛돈 삶
오직 나를 위한 거짓이었음을
뼈아프게 깨닫네.

분토리 그곳 돌담은

한사코 그런 옛날만 고집하다가

쓸쓸함으로 한 번 더 허물어지게 되고

그예 내 추억의 발등은 또

아프게

까무러치도록 깨지게 되고…

장독대 나무 잎새들이

홍옥 두 개를

숨겼다 드러냈다 한다.

드러냈다가도

쳐다보면 또 금세 감추어버린다.

이 광경 목격한 해바라기

고갤 떨구고 못내 부끄러워한다.

수그린 얼굴 들지 못하고

옆으로만 살래살래 흔든다.

나도 그 자리에다가

옷고름 푼 구름을 당겨놓고

황홀해 한다.

앵두가 뒹굴면
잎 뒤 숨어있는 사연들
일러바칠 곳 없는 동네
우물 가 집 뒤란의 누나 방에
굴러다니는 피임약이여, 그걸
영양제로 주워 먹고
건강한 오늘날이여!

이봐, 저기 저 일출은

어머니의 부엌이야

손 길게 빼어

멀리 있는 솥뚜껑 하나를 만진다

김 무럭무럭 나는 득량만의 섬 하나

잠시 뒤 그 솥에서 누가

커다란 호박 한 덩이도 꺼내가고 있다

어디에선간

쓰-윽 싸-악 쓰-윽 싸-악

마당 쓰는 소리 들려오고…

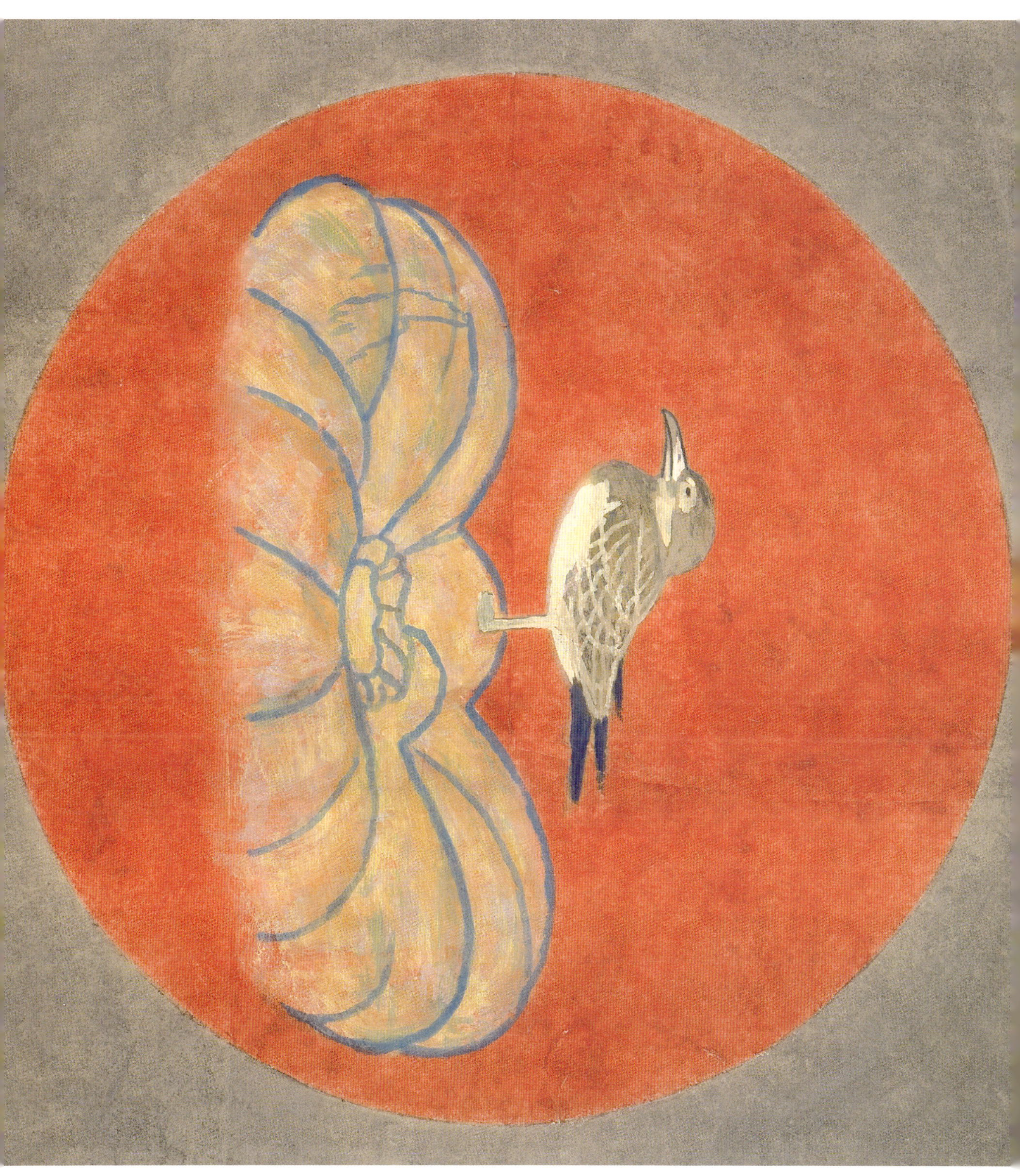

그러자, 갑자기 내 어머니가 나타나고
쓸쓸한 우리 집 식탁이 보인다.
식탁 너머로 내 이른 귀가를 기도해주던
상도교회 구역장님이 지나가고
복슬 강아지, 검은 고양이,
군고구마 아저씨도 지나가고…

난 그 풍선을 잡고
먼 나라로 가고 싶다.
항구란 배만 타는 곳이 아니라
그런 풍선을 삽고
더 따뜻하고 아늑한 나라로
출발하는 곳임을.
풍선에 바람이 빠져버리면
예서부터 구두르는 귀환이
시작되는 곳임으로 배운다.
마랑향 부드가에
고동처럼 불어서.

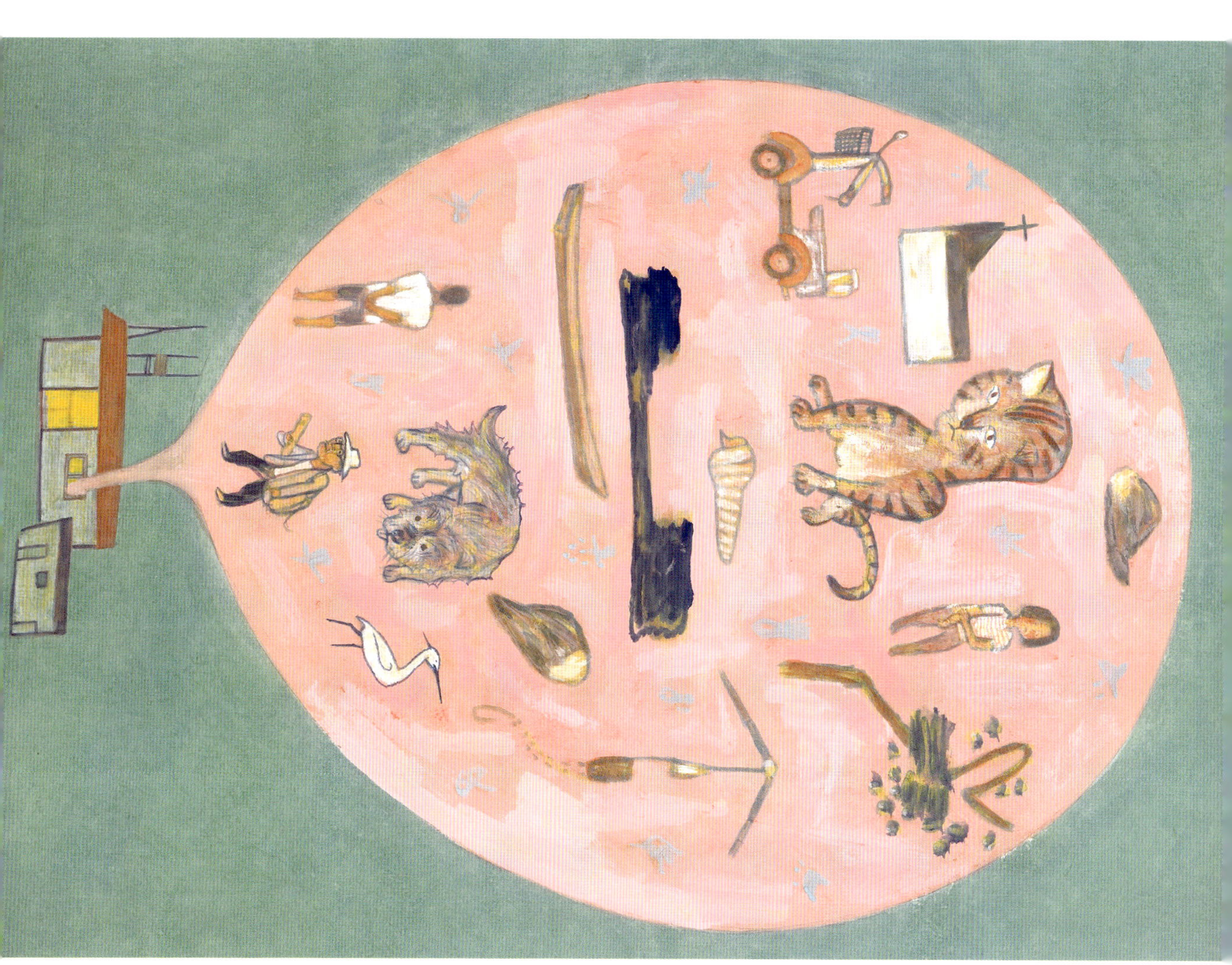

"엄니, 저거 앞 바다를 건너가는 돛배 맞아요?

왜 오늘도 어제처럼 저렇게 그냥 한 자리에 떠 있어요?

왜 돛폭이 안 보여요?

저 배에는 바람을 싣고 갈 돛이 없어요?"

밤새 달 걸어놓고 천지간을 씻기고 씻기더니 누리에 새 아침 열어오는 회진포구 연   꽃   바   다

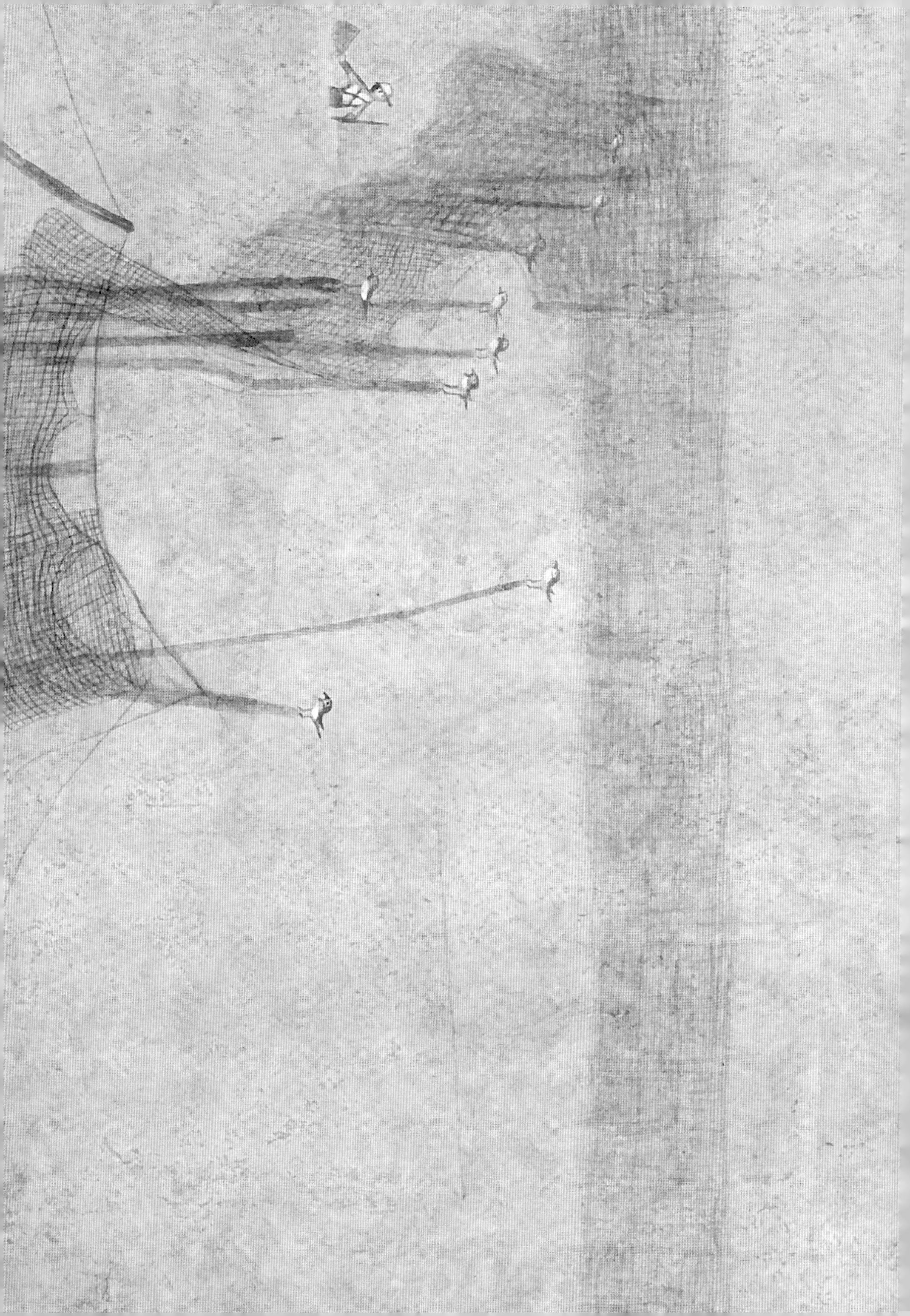

남도 봄길다녀와 장지(壯紙)에 그리니 옥자배기 들린다

꽃잎두 잎이는 보리밭 붉은 황토색지(黃土色紙) 사이 배꽃 흰구름 언덕 구름구름 돌다 웅게웅게 남는 길

모든 길이 노래더라

내 정은 청산이요.

님의 정은 녹수로구나.

녹수야 흘러버려 갈망정

청산이야 변할리가

있겠는냐.

모든 길이 노래더라

김선두

살을 에는 매서운 겨울바람이 한껏 부드러워져 싱그러운 풀냇새를 머금은 마파람으로 불어온다. 이맘때면 나는 남으로 길을 나서고 싶은 유혹을 뿌리칠 수 없다. 사춘기 소년의 짧고 뻐센 머리털 같은 남녘 들판 보리싹, 그 위로 불어오는 봄바람이 내 속을 무척 성가시게하기 때문이다.

고향 길을 가노라면 두 가지 다른 성격의 길을 만난다. 고속도로 같은 직선길과 신작로나 논밭길 같은 곡선길이 그것이다. 근대 산업화의 부산물중 하나인 직선길은 시간적 효율을 극대화한 기능적인 길이다. 직선길은 사람과 물건의 이동을 위해 곡선을 직선으로 펴면서 생겨났다. 그 길은 산이 가로막으면 터널을 뚫고 강이 방해하면 큰 다리를 놓는 거침없고 인위적인 길이다. 직선길엔 여백과 여운이 없다. 사람이 없고 물질만 있으며 속도와 목적만 존재한다. 위협적인 시간이 무시무시한 굉음으로 질주하기에 여유로운 만보 산책은 결코 허용되지 않는다.

기능적인 직선길에 비해 곡선길은 사람의 왕래와 소통의 필요에 의해 자연스럽게 난 길이다. 자연을 거스르지 않고 자연의 굴곡을 따라 같이 흐르며 생성된 길이다. 대부분의 자연스러운 형태는 곡선이기에 길도 곡선으로 흐른다. 과속을 허용하지 않는 곡선길에는 만보 산책의 여유가 흐른다. 그 길에서 우리는 향긋하게 불어오는 바람을 만나고 꽃향기에 한눈을 팔고 새소리에 귀를 기울일 수가 있다. 하여 사람다운 길은 곡선이라야 한다.

길에는 또한 공간길만 있는 것이 아니라 시간길도 있다. 삶은 어쩌면 공간길이 아니라 시간길을 걸어오고 걸어가는 것인지도 모르겠다. 한번 지나면 다시 갈 수 없는 시간길은 삶의 일회성과 상통한다. 시간의 불가역적인 길을 걸어온 우리는 과거로 돌아갈 수 없다. 예컨대 우리는 우리가 태어난 고향으로 시간길을 통해 돌아갈 수 없다. 거기 어릴 적 같이 호흡하고 살았던 사람들도 그들의 시간길을 통해 떠나버렸기 때문이다. 변해버린 고향은 연로한 부모처럼 상처받은 영혼들을 다독이고 품어줄지언정 책임지지 못한다. 그래서 고향은 위로 받는 곳이지 의탁하는 곳이 아니다.

우리는 길을 통해 어디론가 떠나고 돌아온다. 길은 사람과 사람을 이어주고 과거와 현재를 이어준다. 시간길은 다시 갈 수 없기에 애틋하다. 시간길 위의 만남과 헤어짐, 떠남과 돌아옴은 한 맺힌 이야기를 만들고 시를 만들고 노래를 만들었다. 그 노래는 자동차의 경적이나 축구장의 호루라기처럼 직선이 아니라 사시사철 방향과 강도를 달리해 부는 바람처럼 곡선이다. 살다보면 쌓이는 무수한 한을 달래고 넘어서는 육자배기처럼 유장한 곡선이다.

시간길엔 그 길을 오갔던 많은 사람들의 삶의 비의가 고저장단의 노래로 흐른다. 그 노래는 영원에서 영원으로 무심히 불어오고 불어가는 바람 속에 마침표가 아니라 쉼표로 남아 끝없이 내일로 이어질 것이다. 모든 길은 노래다.

2007년 3월

All Roads Are Songs

Kim Sun-doo

The fierce winter wind that whips the bare skin has softened as much as it can and blows as the south wind smelling like fresh, new grass. At about this time, I cannot shake off the enticement of wanting to go south. Barley sprouts in southern fields that look like a teenage boy's short, stiff hair and the spring breeze that blows over them persistently pop into my head and will not let me be.

Heading down the road back home, one comes across two different types of road. A straight road like an express highway and a curved road like a newly constructed road or a path between paddies or dry fields. A straight road is a by-product of modern industrialization and a functional road that maximizes time efficiency. A straight road was built by stretching out a curve into a straight line to transfer people and cargo. That is an unhindered and artificial road that bores tunnels through blocking mountains and lays big bridges across rivers. A straight road is without margin or suggestiveness. There are no people, just things and only speed and purpose exist. Intimidating time runs full speed ahead with a ghastly roar, and a leisure stroll is just never allowed.

Compared with a functional straight road, a curved road was built naturally from people's need to come and go and communicate. It is a road that is created and flows alongside a winding nature, and does not run counter to it. As most of nature takes the form of a curve, likewise, the road does the same. A curved road does not permit speeding, and thus has room for strolling. On that road, one is able to meet the fragrant breeze blowing in, gaze around at the sweet-smelling flowers, and hark to the sound of birds. That said, a humane road has to be a curve.

There exists also a road of time. Life walks up and down a road of time and not space. A road of time is congenial to the one-timeness of life in that one cannot turn back to the moment already passed. Having walked down the irreversible path of time, one cannot return to the past. For instance, one cannot go back to one's born homeland on a road of time. The people that once lived there in the old days have left on their own roads of time. A changed homeland can console and embrace the wounded souls but not take responsibility. This is why a homeland is a place where one is comforted and not to which one is entrusted.

One takes off on a road and comes back on a road. A road links people with people and the past with the present. A road of time is dear because it cannot be taken again. Encounters and adieus, departures and returns on a road of time create lamentable stories, poems and songs. That song is not a straight line like a car horn or a soccer field whistle, but a curve that is like a wind blowing in various directions and intensity throughout the year. It is a lengthy curve much like a brisk and lively folk tune that consoles and overcomes the countless occasions of grief that build up in life.

The sorrow of many people's lives that traveled on a road of time flows as a high and low, short and long song. That song is not a period in a wind blowing inadvertently from soul to soul, but remains a coma to endlessly lead to tomorrow. All roads are songs.

March, 2007

남도길에 걸음을 싣다보니

김영남

한국화가 김선두가 태어난 곳은 정남진이다. 북쪽에는 중강진, 동쪽에는 정동진이 있듯이 정남진은 서울 광화문을 기점으로 정 남쪽에 있는 나루라는 뜻으로 전라남도 장흥군 관산읍 허안에 위치한다. 김선두는 이곳 평촌 마을에서 그림을 그리는 부친 김소천 선생의 3남 1녀중 3째로 태어났다. 집 뒤로는 호남의 5대 명산인 천관산, 앞으로는 굽이굽이 돌아나가는 해안선과 무수한 섬으로 둘러싸인 득량만의 옥색 바다, 그리고 논밭이 함께 어우러진 마을에서 다양한 유년 체험을 하며 초등학교와 중학교를 다녔다. 못살고 어렵던 시절 당시 유년체험이라야 어느 지역이나 비슷비슷하겠지만 아름다운 바다와 큰 산을 함께 오-우르는 체험을 동시에 할 수 있었다는 게 김선두에게는 특별하다.

그는 화가가 되겠다고 결심을 하고 대학에 진학을 해 작품세계에 영향을 끼친 두 스승을 만난다. 바로 산동 오태학과 일랑 이종상 선생이다. 그리고 1984년 제7회 중앙미술대전에서 〈이지러진 달〉로 대상을 수상하면서 촉망받는 신예작가로 떠오르게 된다. 특히 은은하면서도 때론 강렬한 색감의 장지기법과 힘찬 필묵의 선묘, 정확한 데생과 독특한 느낌의 채색 인물화는 당시 깊은 늪에 빠져있던 한국화단에 새로운 돌파구를 개척 했다는 평가를 받게 된다.

이후 그는 〈2호선〉, 〈외길〉, 〈지난 날〉 등 채색인물화에 많은 열정을 갖고 작업을 진행한다. 그가 관심을 갖는 인물들은 남의 뒷전일일지라도 치열하게, 때로는 정직하게 고집스런 삶을 살아가고 있는 야생초 같은 사람들이다. 어쩌면 이런 모습들이 그동안 변두리 삶을 살아온 자신의 모습과 가장 많이 닮아있기 때문이었는지 모른다. 그러던 그가 어느 날부터인가 갑자기 도시 주변의 인물화에서 고향 사람들의 이야기가 있는 남도길로 그의 시선을 옮긴다.

그러면 그가 남도길에서 얻은 풍경이란 어떤 모습일까? 그의 남도 그림은 현대적인 진경산수이다. 현장을 재현하는 사경에서 벗어나 남도의 정신과 분위기를 새로운 조형어법으로 형상화하려 한다. 그래서 그의 그림은 황토밭이 아름다운 언덕, 벼가 넘실대는 여름날의 푸르른 논, 그 사이로 육자배기 가락처럼 흘러가는 길, 이런 것들에서 아름다움을 구현하고자 하는 남도의 진경산수인 것이다. 그리고 다시점법을 즐겨 구사하곤 하는데, 이는 풍경을 위에서 보는 고정시점이 아닌 역원근의 이동시점으로서 마치 땅을 일으켜 세워 땅의 생명력을 극대화하고자 하는 의도가 아닌가 여겨진다.

김선두와 남도길. 그는 남도길을 분주히 오르내리면서 이 길에 관심을 가져온 두 사람을 만나게 된다. 그 사람은 다름 아닌 동향의 소설가 이청준과 필자이다. 이번에 책으로 여기 묶게 된 작품들은 화가, 소설가, 시인이 남도의 길에서 보고 듣고 체험한 내용을 각자의 방식으로 표출한 것들이다. 남도 길 위의 풍경들을 이야기로, 운율로, 색깔로 풀어내고 이것들을 한 자리에 모아 보는 것도 매우 의미 있고 값어치 있는 일로 여겨졌다. 이는 남도길 위의 이야기인 이청준의 소설 「선학동 나그네」가 〈천년학〉이라는 영화로 촬영되는 게 그 계기가 되었고, 그림을 가지고 영화와 경쟁해보려는 화가의 의지도 한 몫한 것이다. 남도길이 가슴속에서 늘 꿈틀대고 있는 사람들. 이청준, 김선두, 김영남 이 세 사람의 대표작 또는 출세작들이 남도길이란 소재 하나로 묶이는 것은 어찌 보면 너무 당연한 일인지 모른다. 이청준의 『눈길』, 김선두의 〈저무는 길〉, 그리고 필자의 『푸른 밤의 여로』. 모두 남도 길 위의 가슴 아프고 서글픈 이야기들이다. 그래서 남도길이란 것도 언덕 너머 고개 너머로 맺히고 고인 사연을 한없이 넘긴 육자배기의 애절한 가락이 아닐까하는 생각도 든다.

2007년 3월

On the Roads to Namdo

Kim Young-nam

The birthplace of Korean artist Kim Sun-doo is Jung-namjin. To the north lies Jungangjin, to the east rests Jung-dongjin, and Jungnamjin, which means a ferry passage found straight south of Gwanghwamoon in Seoul, is located on the beaches of Gwansan-eup, Jangheung-kun, South Jeonla province. Kim Sun-doo was the third child out of the three boys and one girl born to Kim So-chun, a painter in Pyungchon village. Mt. Chun-gwan, one of Jeonla provinces' 5 famous mountains, stands tall in the background, and in front, a winding coastline weaves in and out and the jade green sea flows into Deukryangman Bay surrounded by numerous small islands. A village of rice paddies and dry fields, this was where he spent his childhood and went to elementary and junior high schools. Childhood experience in poverty and hard times was just about the same anywhere, but the beautiful ocean and high mountains combined to offer something special to Kim Sun-doo.

Determined to become a painter, he goes on to college and meets two masters that influenced the literature circle. They are none other than artists Oh Tae-hak and Lee Jong-sang. Then in 1984, artist Kim is awarded the grand prize at the 7th Joongang Fine Arts Competition for *Waning Moon*, and rises as a promising new artist. A unique, colorful portrait painting based on the 'jangji' technique, which uses faint yet occasionally intense colors, and drawn with powerful lines of pen and ink and precise dessin skills, it is praised for breaking new grounds in the then struggling Korean painting society.

Thereafter, he becomes passionate about colorful portraits and creates *No. 2 Line*, *Lone Road*, and *Days Gone*. The types of character that interest him are those like wild flowers that fiercely, and at times honestly, lead stubborn lives even doing back-burner jobs of other people. Maybe that's because he who has always lived on the outside finds much to relate. Then one day, without a trace of a hint, his eyes turn from urban portraits to hometown stories told on the road to Namdo.

What scenic view impressed him on the road to Namdo? His Namdo picture is a modern, true-view landscape painting. In seeking to overcome a miserable reproduction of the view, he gives shape to Namdo's spirit and atmosphere with a new formative expression. Hills of beautiful fields of yellow earth, unhulled rice rolling in summer green paddies, and a road flowing in between like a lively folk tune. This is why his is a true-view landscape of Namdo trying to embody beauty from it all. He also favors repeated point technique, which views the landscape not from a fixed upper point but changing reverse distance points, and so I believe his intention lies in maximizing vitality of land as if by lifting it.

Kim Sun-doo and the roads to Namdo: He busily travels up and down the roads to Namdo and meets two people who have taken interest in them. They are precisely local novelist Yi Ch'oˇng-jun and myself. The pieces of art work compiled in this book are the unique expressions of things seen, heard and experienced by a painter, novelist and poet on the roads to Namdo. It felt very meaningful and worthy to define the scenery of the roads to Namdo as stories, rhythm and colors, and to gather them in one place. This attempt was ignited by Yi Ch'oˇng-jun's *Sunhakdong Traveler*, a story that takes place on the road to Namdo, being filmed as the movie *Beyond the Years*. The artist's will to compete against movies with a painting also played a part here.

The roads to Namdo constantly twist and turn in their hearts. Yi Ch'oˇng-jun, Kim Sun-doo, Kim Young-nam. It seems only too natural that the leading works or first famous pieces of these three artists are bound by a single subject matter, the roads to Namdo. *The Snowy Road* by Yi Ch'oˇng-jun, *The Setting Road* by Kim Sun-doo, and *Journey in a Blue Night*, my own work. These are all heartbreaking, forlorn stories of the roads to Namdo. This may be why the roads to Namdo sing the sad melodies of folklore that eternally lived through the stories formed and gathered over hills and ridges.

March, 2007

소릿길의 대화

이청준

졸작 「서편제」에 이어 「선학동 나그네」를 영화로 찍는 과정에서 일년 넘게 임권택 감독 촬영 팀 주변을 맴돌다보니, 쳐음 그 화면을 연출하기 위한 무대를 찾는 일이 다름 아닌 '아듬다운 길 찾기', 달리는 '슬프고 아픈 길 찾기'임을 알 수 있었다. 카메라의 주장 격인 정일성 촬영감독은 특히 입버릇처럼 말하곤 하였다.

"저 길, 참 슬프지요? 저걸 아프고 아름답게 찍어내야 하는데!" 아비 다른 오라비가 눈먼 소리꾼 누이와 소리가락을 찾아 떠도는 남녘 길, 굽이굽이 그리움과 회한에 젖은 남도 천리 소릿길 이야기다보니 그 여정의 무대 풍광 또한 그러해야 함이 당연한 노릇일 것이다.

이와 함께 내겐 또 하나 다른 남녘 길 동행들이 있어 왔다. '고향 속살 읽기' 명목으로 2004년 동향의 김영남 시인, 김선두(二松) 화백 등과 함께 펴낸 고향고을 기행 화문집(畵文集) 『옥색 바다 이불 삼아 진달래꽃 베고 누워』가 나름대로 뜻이 있었다고 여긴 세 사람은 이후 다시 지역과 탐색 범위를 넓혀 남도 일원의 삶의 뿌리와 근원정서를 캐어 보고자 몇 년에 걸친 여정을 더해 온 것. 때마침 예의 「선학동 나그네」를 밑그림 삼은 임 감독의 영화 〈천년학〉의 길 찾기가 남녘 골에 둥지를 틀고 날갯짓을 시작한 데다. 원작 전편이 이 지역 일대의 창연한 유랑기(流浪記)인지라, 우리 셋의 여정 또한 그 삶과 정서가 배인 남도 길 찾기, 그 길의 참 모습과 뜻 찾기에 기울게 마련이었다. '남도 길 찾기'가 어느 면 네 사람의 동시 작업이 된 셈이었다.

그런데 그 여정이 해를 넘겨 되풀이되던 2005년 봄. 이송이 자신의 홈페이지에 올린 어느 남도 들녘 길 그림과 함께 새삼 한숨기 섞어 선언했다.

남도 봄길 다녀와/ 장지(壯紙)에 그리니/ 육자배기 들린다
풋연두 일렁이는 보리밭/ 붉은 황토 색지 사이
배꽃 흰구름 언덕/ 구불구불 흘러/ 뭉게뭉게 넘는 길
모든 길이 노래더라

「모든 길이 노래더라」

남녘 천지 모든 길이 노래라면 그 노래란 다름 아닌 남도 민요 가락에 판소리 율조를 이름 아닌가. 그 노래나 판소리란 우리네 고단한 삶의 매듭풀이, 설움 함께 나누기의 도저한 한 풀이(삭임) 길. 스스로 없지 못할 세상살이 넘어서기의 화창한 방편 길 아니던가.

하지만 그림장이의 시(詩)라니! 나는 처음 그가 그림으로 다하지 못한 감상(感想)의 여분을 시문으로 대신하려는 것인가 싶었다. 하지만 그의 시운(詩韻)은 단발에 그치지 않고 이후 본업 시장이 김영남 못지 않게 빈번했다. 그것도 전문 비평가 이윤옥의 상찬이 뒤따를 만큼 신선하고 따뜻한 서정을 담고 있었다.

이송은 그것이 시가 아니며 다만 작품의 밑그림 삼아 마음속 생각을 글로 가다듬어 본 것뿐이라 겸손해 하였다. 그것이 사실이라 치더라도 이송의 그림에는 이미 그의 노래, 유장하고 구성진 길의 노래가 그의 참을 수 없는 싯귀처럼 그대로 담겨 넘쳐나고 있음 (그림으로 그려진 남도소리!) 또한 사실일 것 같다. 더욱이 겹겹이 스미고 두고두고 번져나는 남도 길 서정(반가운

돌아옴이나 맞음보다 떠남과 헤매임의 정조가 앞서는) 속엔 우리가 이미 보아 왔듯(소나무의 손발짓과 '쉼표'라 이름 붙인 묘지 풍경 등을 보라) 저 판소리 가락의 아픈 굽이침뿐 아니라 삭아 사무친 해학과 웃음기의 미학을 함께 다 아우르고 있음에랴.

지난한 삶의 질곡 앞에 차라리 질펀한 해학과 풍자로 맞선 남도소리의 덕목이라면 저 반나절 일광의 첩첩 산골동네 태생 김영남 시인의 천연덕스런 역설조 또한 뭇지 아니 역연타 할 것이다. 가령 이런 악동 투.

…잎 뒤 숨어있는 사연들/ 일러바칠 곳 없는 동네
우물 가 집 뒤란의 누나 방에/ 굴러다니는 피임약이여, 그걸
영양제로 주워 먹고 건강한 오늘날이여!
「앵두가 뒹굴면」

마음 속 눈물이 웃음기로 피어나는 이런 경지 남도소리의 해학과 풍자는 김 시인의 여러 귀거래사의 기본 정조처럼 보인다면 비약일까. 하지만 이번 우리 삼인행 도정에서 가장 가슴 저리킨 남도 소리가락조 절창은 역시 길 위의 노래, 그의 길의 노래에서가 아닐는지.

'…구두가 미리 알고 걸음을 멈추는 곳. 여긴 푸른 밤의 끝인 마량이야… 포구는 역시 슬픈 반달이야' (「푸른 밤의 여로」)라 읊조리며 강진만 해변 길 끝자락에 한숨짓는 김 시인은 마침내 〈천년학〉의 선학동 주막 길목에 이르러 그 구슬픈 삶의 정한에 젖고 있으되.

…길은 모두 노래로 이어지고 포구에서 사라지네
…나그네는 홀로 저물어야 깊은 노랠 주고받네
…선학동의 가슴 아픈 육자배기도 되겠네
…그대여, 먼 길 동행할 보따리 같은 설움 가졌다면
「선학동 나그네를 찾아」

그간 셋이서 함께 걸어온 남도 길 여정 중 대화들의 한 부분이다.

이 책은 그 셋의 대화록이자 남도 길 노래의 작은 합창 모음인 셈이다. 하다못해 산문꾼 소생마저 더러 어줍잖은 운문투를 탐하려 해왔으니, 그 길이 어느 만큼 보이고 소리가락이 어떻게 들릴지는 알 수 없는 일이다.

바라기는 다만, 현대 한국화의 선주자 이송 화백, 우리 서정시의 새 길을 열어가는 김영남 시인을 길잡이 삼아 소생까지 이 여정을 함께 할 수 있었음을 드물게 행복한 기억으로 지니고 싶을 뿐이다. 더하여 방금 마지막 손질이 끝난 임권택 감독 영화의 결정판 〈천년학〉, 그 아름답고 장중한 '한국혼의 영상 벽화'와도 한 자락 울림을 나누고자 했음을 감히 뜻깊게 생각한다.

2007년 3월

Conversations on the Roads of Folklore

Yi Ch'o˘ng-jun

Encircling around the shooting team of director Im Kwon-taek for over a year who was in the process of making *Sunhakdong Traveler* into a movie after the *Sop'o˘nje, the Singer of P'ansori*, I found that to firstly decide the production stage for that scene was none other than "to search for a beautiful road", or distinctively "to search for a sad and painful road". Director Jung Il-sung, as the head of the camera team, particularly and constantly used to say, "That road, very sad, isn't it? How to film its burn and beauty! A south road on which a girl's elder brother with a different father wanders to find a folk song with his blind singing sister." As this is a story on a long, southern road that sings about its deep longing and remorse embedded at every bend, it is only natural that the artistic stage appearance of that journey be the same.

Besides, I have had other different companions down the road south. Three of us agreed that *Lying Down On a Pillow of Azalea Blossom Covered By a Blanket of Jade Green Ocean*, the hometown travel collection of paintings and writings which was jointly published in 2004 by poet Kim Young-nam of the same district and master painter Kim Sun-doo under the pretext of "reading the inner substance of home", had a meaning of its own. We, thereafter, broad-ened the ranges of region and research to explore the root and source emotion of life across Namdo and continued on with the journey for several years. Coincidentally, director Im's movie *Beyond the Years*, which was drafted on the venerable *Sunhakdong Traveler*, nested in a southern valley and started to flutter and find its way, and the first original version is the antiquated record of wanderings of this whole region. As such, it was only natural that the journey of us three also leaned towards searching for the roads to Namdo embedded with that very life and sentiment, searching for the true shape and meaning of that road. In some respect, "searching for the roads to Namdo" turned out to be a joint work of the four of us.

Then in the spring of 2005, the journey continuing on from the previous year, Kim Sun-doo abruptly declared with a sigh along with a painting of a field road to Namdo posted on his personal website.

On returning from a journey south
As I draw on the screen paper
Namdo folklore is in my years
The barley field of spring green waves
Between the red clay colored sheets

Are the hills of white cloud of pear blossoms
Rolling and rolling and flowing
The road to go over like clouds
All roads are songs
All Roads Are Songs

If all roads in the whole southern universe were songs, that song would be none other than the poetic rhythm of 'pansori' beating to Namdo folk tune. That song or 'pansori' is just that, the unraveling of our weary life, 'hanpuri' road devoted to sharing grief, a bright road of means for moving beyond the way of living that cannot be discarded by oneself.

But a poem of a mere painter! At first, I thought he was trying to express his spare feelings, which couldn't be fulfilled by painting, in poetry and prose. However, his poetic meter did not stop at a shot and this profession bustled not shy of Kim Young-nam's. The lyrics so fresh and warm that they were praised by an expert critic Lee Yoon-ok.

Kim Sun-doo was humble saying that is not a poem, only his inner thoughts composed in writing as a rough sketch for his work. Even so, it also seems true that his song, a long and elegant song of road, just as it is, already overflows like his unbearable poetic verses, in Kim Sun-doo's painting (sounds of Namdo drawn in painting). Moreover, the lyrics of Namdo road that inspire in many folds and spread out again and again (a departing and wandering tone rather than a happy return or reception), as we have already seen (see the pine tree's gestures and the burial ground scenery named 'A Rest'), merge not only the painful windings of that 'pansori' rhythm and melody, but also the fermented, inveterate humor and aesthetics of laughter.

If before the fetters of extremely hard life stand instead the virtues of Namdo sounds armed with idle humor and satire, I would also repeatedly reverse hit the unstudied paradox of poet Kim Young-nam, born in a village deep in the mountains where sunlight reaches but half a day, no less. For instance, this kind of mischievous children's language.

···Stories hidden behind the bushes
A village with no one to tell tales
At the backyard room down by the well
Lay sweet sally girl's birth control pills strewn away,
I who ate the pills owe them my health today.
When the Cherries Roll

Would it be extremely illogical to say that the humor and satire in Namdo sounds, which have reached the state of inner tears blossoming into traces of laughter, seem to be the basic tone of Kim's poetic verses of aspiring country life to live with nature? Still, the most heart-tearing Namdo melody superbly sung in the course of our journey was after all, probably the song on the road, his road song.

Reciting '… Wherst shoes know in advance and stop, this is Maryang, the end of a blue night … The port is yet a sad half-moon' (*Journey in a Blue Night*) and with a sigh at the hem of Gangjinman beach, poet Kim finally reaches the corner of Sunhak village tavern in *Beyond the Years* and immerses himself in 'jung' (deep affection) and 'han' (bitterness and grief) of that doleful life.

···The roads go on as a song and disappear at the port
···And a rover exchanges songs
    only when he's setting alone
···Maybe a mournful folklore of Sunkhak village
···Traveler, if you have sorrows like baggage
    to take along a long journey
In Search of Sunhakdong Traveler

These lines are a part of the conversations from the journey to Namdo taken by the three of us. This book is a record of our dialogues as well as a small ensemble collection of Namdo road songs. Even I, myself, a novelist, was driven to covet this ridiculous poetry language now and then. I do not know how much of that road can be seen and how the song will be heard.

My only wish is to hold onto it as a rare happy memory, that even I was able to partake in this journey guided by master painter Kim Sun-doo, a forerunner of modern Korean painting, and poet Kim Young-nam, a new pathfinder of Korean lyric poetry. Furthermore, allow me also to be appreciative of venturing to share in the reverberation of director Im Kwon-taek's latest and most definitive movie Beyond the Years, that beautiful and sublime "mural reflecting Korean soul".

March, 2007

부분 인용 운문 및 단편 소설

선학동 나그네를 찾아 김영남 4p | 선학동 나그네 이청준 8p | 선학동 나그네를 찾아 김영남 11p | 선학동 나그네 이청준 13p~15p | 월출산 밤길에서 김영남 19p | 푸른 밤의 여로 김영남 21p | 상강무렵 김영남 22p

그 길이 내게도 꿈틀하네 김영남 25p | 서편제 이청준 26p~30p | 언덕에 복숭꽃 피니 김영남 33p | 새와 나무 이청준 35p~39p | 흘러가는 모자에게 이청준 40p~41p | 새와 나무 이청준 42p~43p

짐에 관하여 김영남 44p | 분토리 옛 돌담 김영남 47p | 예쁜 가슴이 장독대에 숨어 있다 김영남 48p | 앵두가 뒹굴면 김영남 49p | 저 정남진 일출은 김영남 50p | 마랑향 분홍풍선 김영남 52p~54p

천년의 돛배 이청준 57p | 포구의 아침 이청준 58p | 느린 풍경 김선두 61p | 모든 길이 노래더라 김선두 62p~63p

남도, 모든 길이 노래더라 All Roads Are Songs

그림 김선두 Paintings by Kim Sun-doo
글 김영남, 이청준 Poems and novels by Kim Young-nam & Yi Ch'o˘ng-jun

1판 2쇄 펴낸날 2009년 2월 6일
1판 1쇄 펴낸날 2007년 4월 18일
책임편집 전가경 Edited by Kay Jun
편집문의 이진언 Edited by Lee Jin-eon
디자인 이소영 Designed by Yi So-young
손글씨 김선두 Calligraphy by Kim Sun-doo
번역 오정은 Translated by Oh Jeong-eun
사진 손승현 Photography by Sohn Seung-hyun
마케팅 김구경 Marketing by Kim Gu-gyeong

펴낸이 김영철 Published by Kim Young-chul, AGIBOOKS Press
펴낸곳 아지북스
주소 서울시 종로구 신문로 2가 1-181
1-181, 2ga-shinmunro, Jongno-gu, Seoul, Korea
전화 02.3141.9901
전송 02.3141.9927
홈페이지 www.agibooks.co.kr
이메일 editor@agibooks.co.kr
등록번호 제300-2006-193호
등록일자 2006년 7월 26일
인쇄 이에이피(주)